KAZIMIR STRZEPEK

ÉTOILE DU CHAGRIN
1 1/2

çà et là

ÉTOILE DU CHAGRIN 1½
DE KAZIMIR STRZEPEK

TRADUIT DE L'ANGLAIS PAR JULIEN TAQUET
LETTRAGE : JULIEN TAQUET
MAQUETTE : ANNE BEAUCHARD

ISBN : 978-2-916207-32-2
DEPÔT LÉGAL : SEPTEMBRE 2009
PREMIÈRE ÉDITION
IMPRIMÉ SUR LES PRESSES DE LA SYL, BARCELONE

ÉDITIONS ÇÀ ET LÀ
6 RUE JEAN-BAPTISTE VACHER
77600 BUSSY-SAINT-GEORGES, FRANCE

KAZ@SCUBOTCH.COM
WWW.ETOILEDUCHAGRIN.COM
WWW.CAETLA.FR

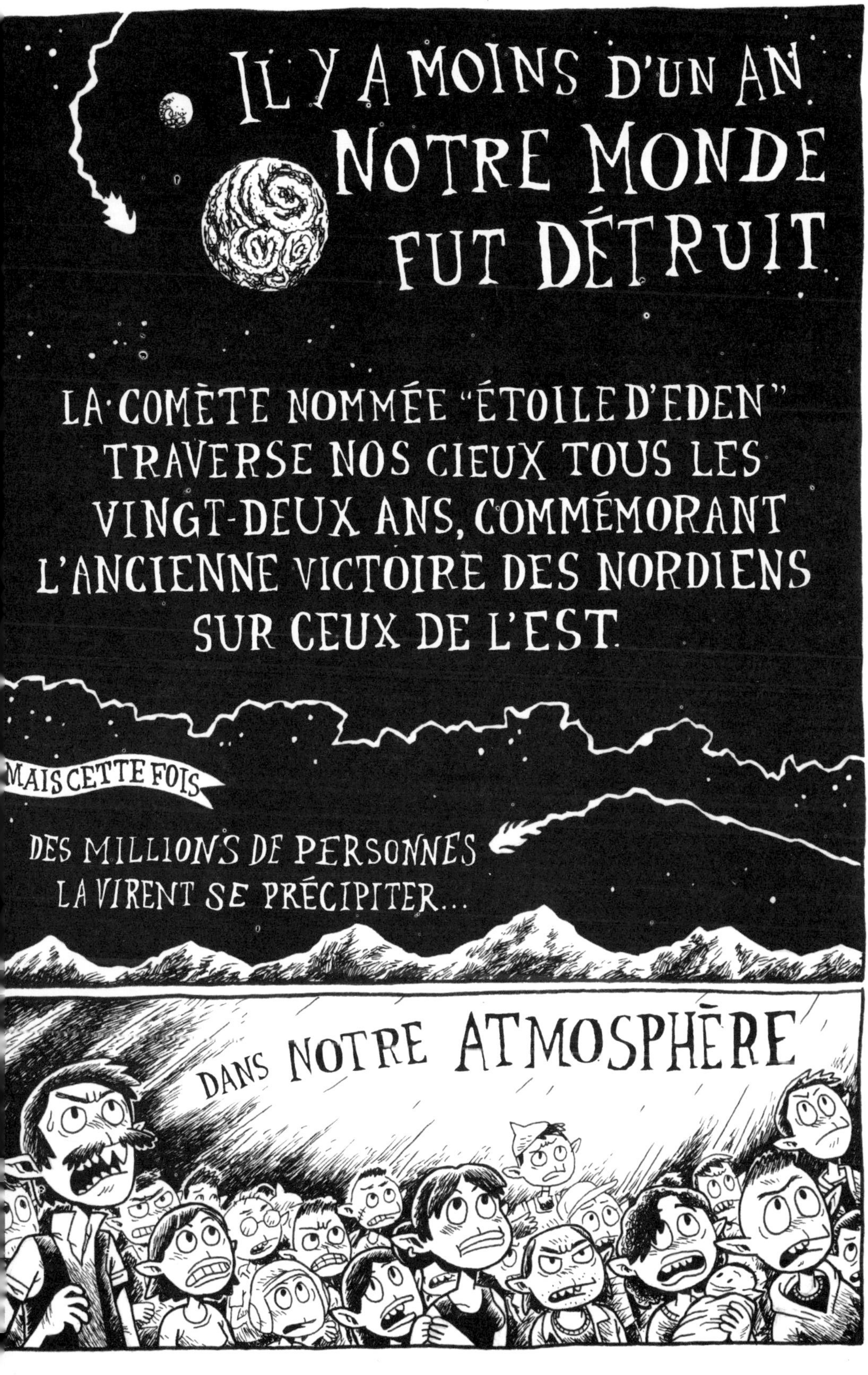
IL Y A MOINS D'UN AN
NOTRE MONDE
FUT DÉTRUIT
LA COMÈTE NOMMÉE "ÉTOILE D'EDEN" TRAVERSE NOS CIEUX TOUS LES VINGT-DEUX ANS, COMMÉMORANT L'ANCIENNE VICTOIRE DES NORDIENS SUR CEUX DE L'EST.
MAIS CETTE FOIS
DES MILLIONS DE PERSONNES LA VIRENT SE PRÉCIPITER...
DANS NOTRE ATMOSPHÈRE

TREMBLE
BOM
FFFSHH
CCRAC

ET MAINTENANT QUE LES NUAGES SE DISSIPENT.
LES RARES SURVIVANTS SE BATTENT POUR
REFAIRE LEUR VIE APRÈS L'IMPACT...

ÉTOILE DU CHAGRIN
KAZIMIR STRZEPEK
ET MEMMORI ?
QU'EST-CE QUE T'EN PENSES ?

ELLE EST VRAIMENT CANON !
CE REGARD GLACIAL... SON PETIT SOURIRE EN COIN, SANS OUBLIER SA RAVISSANTE ÉCHARPE !
D'HABITUDE, JE NE SUIS PAS TROP ATTIRÉ PAR LES ESTIENS...
MAIS LÀ, RUFF !
JE NE SAIS PAS POURQUOI, MAIS SES AGISSEMENTS ME RENDENT FOU !
J'AIME LES FILLES INSOLENTES ET TYRANNIQUES. CELLES QUI SAVENT CE QU'ELLES VEULENT, TU VOIS ?
TU CROIS QUE C'EST SON CAS ?
JE PARIE QUE SI T'ESSAYAIS SEULEMENT DE LA TOUCHER, ELLE TE COUPERAIT LA TÊTE AVEC SON LASSOTRUC.
CUIC
RUFF !
JE NE DIS PAS NON !
ELLE PEUT M'ATTACHER QUAND ELLE VEUT ! RUFF !
SI SEULEMENT ELLE LAISSAIT TOMBER CE TARÉ DE BARBARAZ...
!
QUOI ?
CHU...
VÉRIFIE
MEC, EST-CE QUE TU POURRAIS ÉVITER DE NOUS FAIRE TUER ? IMAGINE SI LE COMMUNICATEUR ÉTAIT BRANCHÉ...

SI SACHA T'AVAIT ENTENDU, ON SERAIT MORT À L'HEURE QU'IL EST.
ON S'ENNUIE...
ERKK
ELLE EST MIGNONNE, EN TOUT CAS.
OUAIS.
JE NE COMPRENDS PAS CE QU'ELLE FAIT AVEC BARB. CE TYPE EST EFFRAYANT.
ILS SONT MARIÉS ?
ILS SONT ENSEMBLE DEPUIS L'ÉTOILE D'EDEN, NON ?
JE NE SAIS PAS.
MAIS SI TOUT SE PASSE BIEN, ÇA EN SERA BIENTÔT FINI DE CET ESPÈCE D'HARICOT ET MEM...
"B", ICI "A", RÉPONDEZ. OVER.
EEK!
"B", ICI "A", RÉPONDEZ.
OVER.
SABBAT !
CHUT !
*
"B", ICI "A" RÉP...
ICI "B", J'ÉCOUTE.
OVER.
OÙ EN ÊTES-VOUS ?
OVER.
F.C. EST TOUJOURS À L'INTÉRIEUR.

HEU...
10
11
12
DIS-LUI QU'IL Y A 12 GARDES DEVANT LA PORTE
OK
LA SÉCURITÉ EST PASSÉE À 12 DANS LE SECTEUR 4
OVER
PAS DE SOUCIS.
J'INFORME " C " DE POURSUIVRE SA PROGRESSION.
PRÉVENEZ-MOI SI ÇA BOUGE.
OVER. OUT.
HÉ !
POURQUOI JE ME RETROUVE TOUJOURS AVEC TOI ?
ON A DE LA CHANCE QU'IL NE T'AIT PAS ENT...
PFFFF !
SACHA EST UN FAUX-CUL.
IL DÉTESTE SÛREMENT BARB AUTANT QUE MOI.
RÉPONDEZ "B", J'AI PAS COMPRIS VOTRE DERNIER MESSAGE.
OVER
SA-
GAH !
OH EUH...
rien.
ter-miné.
ABRUTI !

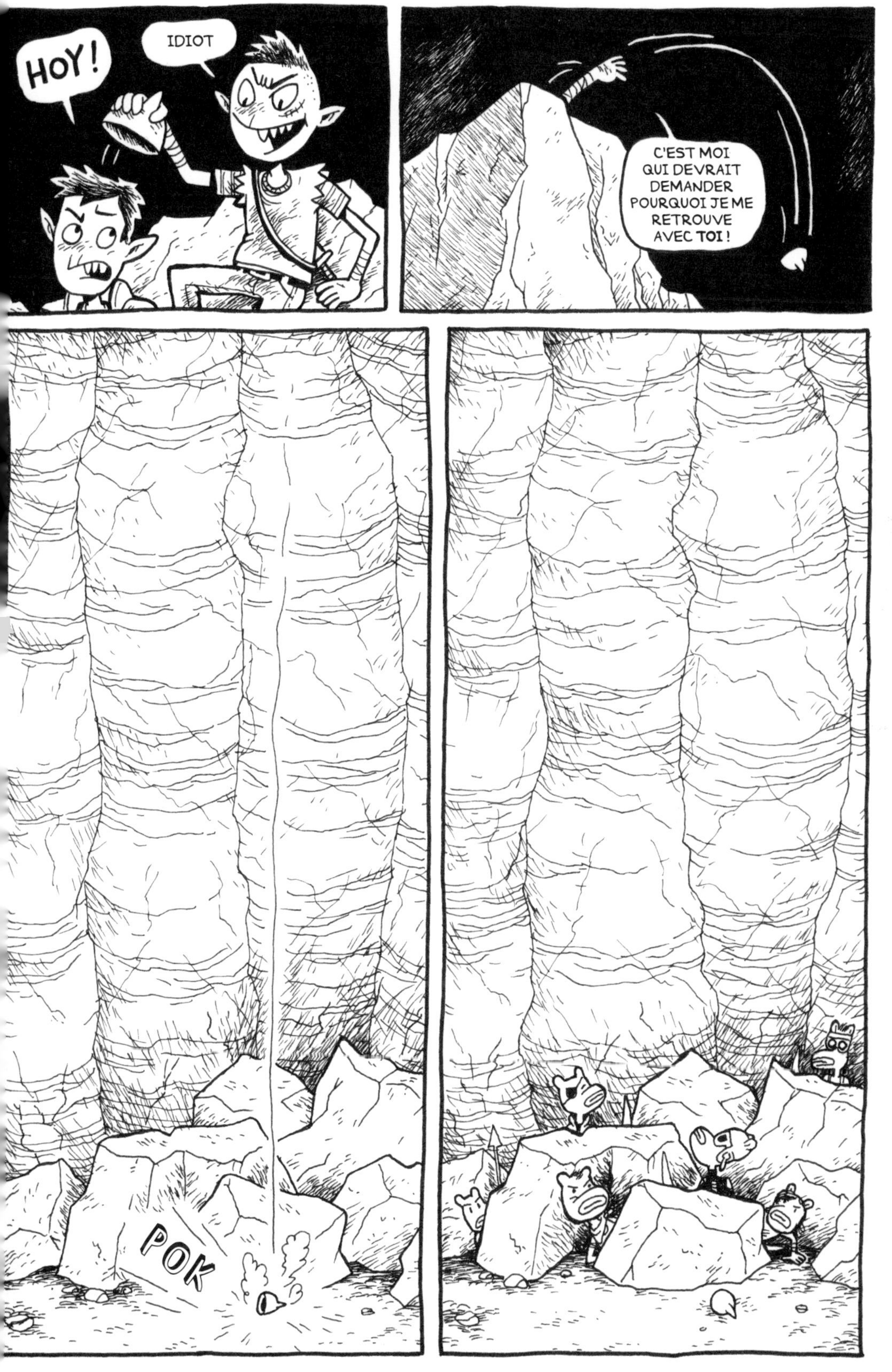
HOY !
IDIOT
C'EST MOI QUI DEVRAIT DEMANDER POURQUOI JE ME RETROUVE AVEC **TOI** !
POK

HOY. T'AS VU BACHELLE RÉCEMMENT ?
JE LA TROUVAIS PAS MAL, MAIS ON DIRAIT QU'ELLE A PRIS DU VENTRE DERNIÈREMENT...
...
IDIOT, TU SAIS PAS QU'ELLE ATTEND UN ENFANT DE FACE DE COUTEAU ?
QUOI ?
VRAIMENT ?
LES JEUX SONT FAITS.
MONTRE VOIR CE QUE TU AS EN MAIN.
DEUX CREBBS. BLOQUÉS.

HAW HAW!
FACE DE COUTEAU, TU ME TUES.
QUAND J'AI REÇU TON INVITATION POUR CETTE RENCONTRE, J'AI ÉTÉ INTRIGUÉ PAR CET ÉLAN SOUDAIN DE DIPLOMATIE. JE TE FÉLICITE DE FREINER TA SOIF DE SANG NATURELLE...
MAIS À TA PLACE, J'AURAIS CHOISI UN JEU AUQUEL J'AURAIS EU UNE PETITE CHANCE DE GAGNER.
CROIX BLOQUÉE
TU ES PRESQUE RUINÉ, ALORS QUE NOUS N'EN SOMMES QU'À LA HUITIÈME MAIN.
MÉLANGE
TOUT N'EST PAS PERDU
J'AI ENTENDU DIRE QUE VOUS ÉTIEZ UN ÉPOUVANTABLE JOUEUR...
ET JE PEUX DIRE QUE LA CHANCE VOUS QUITTE, GÉNÉRAL.
3
HAW.
IL EST VRAI QUE JE NE SUIS PAS TRÈS BON.
MAIS APPAREMMENT TOI NON PLUS.
5
PARDONNEZ MA PERFORMANCE.
MAIS ALLER DE VILLE EN VILLE ET LIBÉRER DES PEUPLES DE L'OPPRESSEUR NE LAISSE PAS BEAUCOUP DE TEMPS POUR S'ENTRAÎNER...
6

POUR UN HOMME AYANT UNE SI SINISTRE RÉPUTATION...
TU AS UN SACRÉ SENS DE L'HUMOUR.
HAW HAW
MAIS JE T'ÉCOUTE.
QU'EST-CE QUE L'ORDRE A DE PLUS À OFFRIR QUE NOUS ?
7
COMMENT ? PAS DE RÉPONSE DU *GRAND LIBÉRATEUR ?*
IL EST TROP TARD POUR ÇA. JE NE SUIS PAS LÀ POUR VOUS CONVAINCRE.
AH VRAIMENT ? ET POURQUOI DONC ES-TU LÀ ?
UNE ÉVALUATION DE NOS FORCE EN PRÉVISION D'UNE INVASION, PEUT-ÊTRE ? ES-TU DÉÇU QUE L'ON NE T'AIT PAS ACCUEILLI À L'INTÉRIEUR ?
HMM.
DÉÇU ? PLUTÔT OUI, MAIS POUR D'AUTRES RAISONS.
8
C'EST VOTRE TOUR...

JE DOIS DIRE QUE TES HOMMES ONT PRIS DES FORCES. QUE LEUR DONNES-TU À MANGER ?
LE REPA EST RAME DEPU LA
Un crebb bloqué plus.
...
JE ME COUCHE.
ACHT ! J'avais une bonne main.
UNE AUTRE PARTIE ?
BIEN SÛR. MAIS LES NORDIENS SONT JOUEURS N'EST-CE PAS ?
HUM ?
RENDONS CETTE PARTIE PLUS INTÉRESSANTE. QUE DIRAIS-TU D'UNE PETITE MISE AMICALE ?
JE NE PEUX M'EMPÊCHER D'ADMIRER LA BI-MOTO QUE TU POSSÈDES.
AURAS-TU LA FANTAISIE DE LA METTRE EN JEU POUR NOTRE DERNIÈRE PARTIE ?
ET BIEN ENTENDU, SI JAMAIS TU PERDAIS, NOUS T'OFFRIRIONS UN MOYEN DE TRANSPORT POUR ALLER OÙ BON TE SEMBLERAS.
CETTE BI-MOTO COMPTE BEAUCOUP POUR MOI.
JE PRÉSUME QUE VOTRE MISE SERA D'UNE VALEUR ÉGALE.
ET BIEN, OUI. CE QUE TU VEUX.
J'AI ICI UNE MAGNIFIQUE ÉPÉE, FORGÉE À LA MAIN DANS LA VILLE DE DOUERS.

À VRAI DIRE, JE PENSAIS À QUELQUE CHOSE DE PLUS OU MOINS...
HUM, DITES MOI GÉNÉRAL, ÊTES-VOUS DROITIER OU GAUCHER ?
...
C'EST UNE PLAISANTERIE ?
JE N'AI BESOIN D'AUCUNE DE VOS POSSESSIONS.
C'EST À PRENDRE OU À LAISSER... JUSQU'ICI, JE N'AI PAS ÉTÉ LE PLUS CHANCEUX...
BIEN.
C'EST D'ACCORD.
JE ME FICHE DE SAVOIR S'IL S'AGIT DE LA MAIN QUI TIENT L'ÉPÉE. JE JOUE POUR M'AMUSER.
VU QU'IL Y A DES ENJEUX IMPORTANTS, IL Y AURA TROIS DONNES.
BIEN SÛR, ON NE SE COUCHE PAS, ET LES MAINS FORCÉES SONT INTERDITES.
VOUS ÊTES PÂLE, GÉNÉRAL. LA CHANCE VOUS ABANDONNERAIT-ELLE ?
Croix Rex moins.
HMM...
COMME À CHAQUE FOIS QUE C'EST IMPORTANT, N'EST-CE PAS ?

NON.
PAS DU TOUT.
HÉ
HUM.
SAVEZ-VOUS POURQUOI JE SUIS ICI, GÉNÉRAL ?
IL SE TROUVE QUE NOUS DISPOSONS D'EXPLOSIFS ET QUE NOUS AVONS PRÉVU DE REPRENDRE GANGARAN À VOTRE MAÎTRE CE SOIR.
VOUS ÊTES UNE LÉGENDE DANS TOUT LE VIEIL EMPIRE ESTIEN ET JE VOULAIS AVOIR LE PLAISIR DE VOUS CROISER SUR LE CHAMP DE BATAILLE.
CETTE RENCONTRE N'EST QU'UN PRÉTEXTE POUR QUE JE VOUS TUE PERSONNELLEMENT.
JE SUIS PEUT-ÊTRE VIEUX, MAIS PAS STUPIDE, FACE DE COUTEAU. EST-CE QUE TU PENSAIS RÉELLEMENT ME SURPRENDRE ?
JE NE SAIS PAS QUEL GENRE DE PIÈGE CE RENDEZ-VOUS EST CENSÉ ÊTRE, MAIS JE NE SUIS PAS CELUI QUI EST SEUL ET DÉSARMÉ, CONTRAIREMENT À TOI.
SCUEEEEEE
CHUNK
SABBAT!

OUF!
CHLUNK
!
PANG
FACE DE COUTEAU !
JE N'AURAIS JAMAIS IMAGINÉ QUE VOUS AUSSI POSSÉDIEZ UN MANGE-RÊVE.
UN TRAÎTRE ENVERS SON ESPÈCE, TOUT COMME LE MIEN...
CCHHHHHHHCLACK

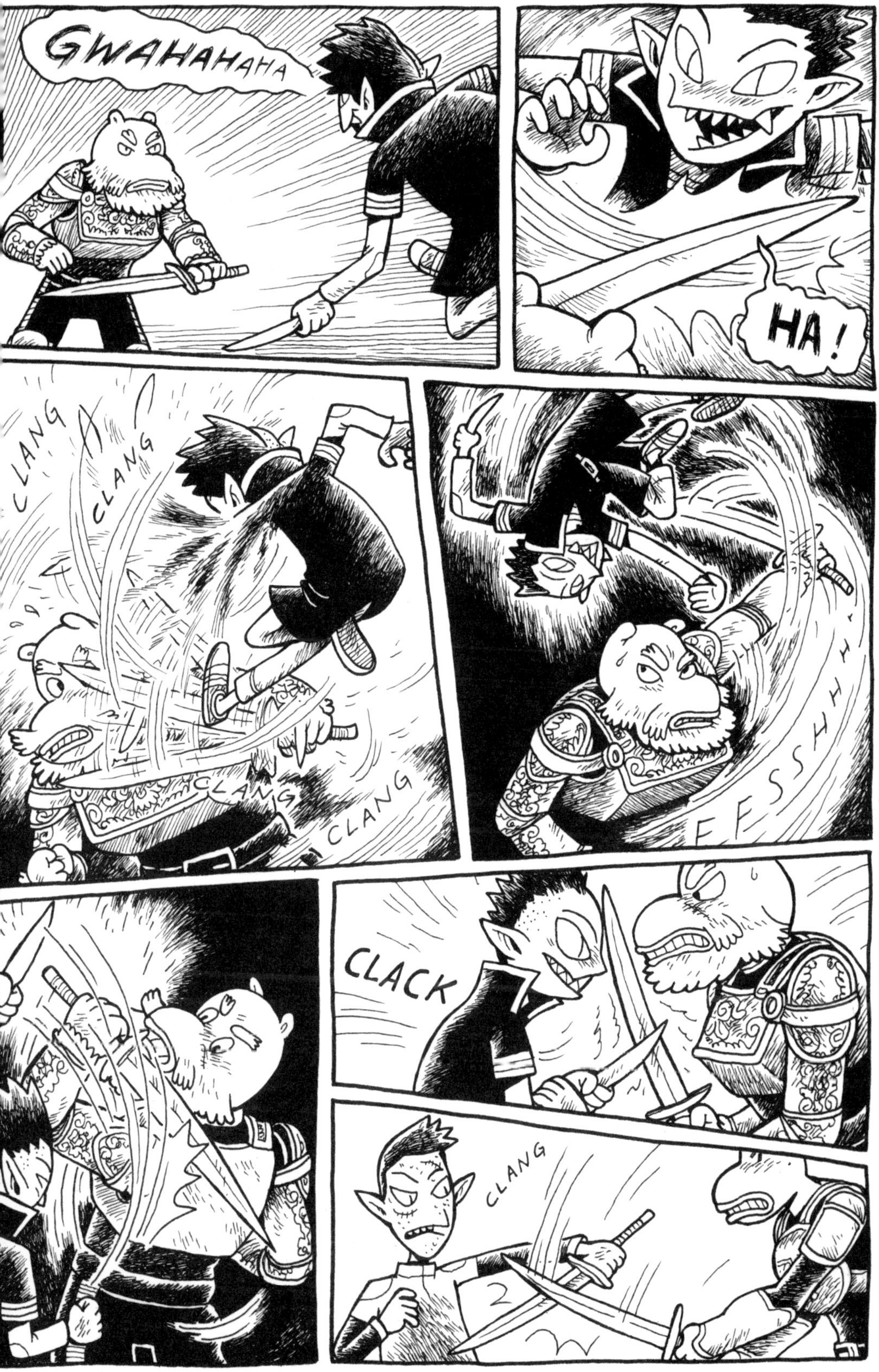
GWAHAHAHAHA
HA!
CLANG
CLANG
CLANG
CLANG
FFSSHHH
CLACK
CLANG

OUPS !
GAH
MERCI.
CHIK
HA!
BWANG
!
AAHHH!!!
ACHT ! PARDON !
TOUCHE PAS !
GRAHH!!
SLAP!

CLANG
CHANK
AH ! JE LE TIENS !
Hoy ! LÂCHE-MOI !
VITE ! T'INQUIÈTE PAS POUR MOI... TUE-LE !
BOUM--

AAAHHHH
HOHH HOHH
OH OH.
À L'AIDE ! À LA GARDE !
GARDES ! LE GÉNÉRAL EST...
FOI ?
OÙ ES-TU ?
MO--GACK !
HISSSSSSS
HOY ! TOUT VA BIEN LÀ-DEDANS ?
PIKE.
COMMENT TU TE SENS ?
COFF COFF
JE... J'AI FAIT UNE ERREUR, MAÎTRE.
ÇA VA, GÉNÉRAL ?
ÇA VA ALLER.
COFF
FOI, PRENDS LA BI-MOTO ET EMMÈNE PIKE.
HHISSSSSSS
CONDUIS PRUDEMMENT.

... ET LÀ, LE MESSAGER EST À BOUT DE SOUFFLE, MAIS IL PREND POSITION. **BAM !** IL TIRE À L'AVEUGLE SUR HETCH QUI ARRIVE DE DERRIÈRE LE ROCHER. MAIS CE QU'IL NE SAIT PAS, C'EST QUE MANCHEMAIN EST DANS SON DOS, PRÊT À L'ATTAQUER.
JUSTE AVANT DE FRAPPER, IL POUSSE UN HURLEMENT...
"YEEGAHH!"
ET LÀ, LE MESSAGER SE RETOURNE ET LUI TIRE UNE BALLE DANS L'ÉPAULE.
NON ! C'EST VRAI ?
OUAIS ! QUEL IMBÉCILE !
ÇA NE FAIT QUE ME DONNER RAISON: ÊTRE CHEF C'EST PAS MAL...
...MAIS LE MIEUX C'EST D'ÊTRE PSYCHOPATHE.
HA HA. MANCHEMAIN...
OH ?
HOI, Y A DU MOUVEMENT À LA PORTE.
THUMP
CLANG
HOY !
C'EST FACE DE COUTEAU !
COOL ! APPELLE SACHA ET DIS-LUI DE LANCER L'ATTAQUE DE L'UNITÉ " C ". ON VA PRENDRE GANGARAN CE SOIR !

PENDANT CE TEMPS, PRÈS D'UN BUNKER SOUTERRAIN DANS L'ENCEINTE DE GANGARAN :
HOY ? IL FAUT ÉVACUER MAINTENANT !
HMF.
OH ! REGARDE QUI ON A ICI ! JE NE LE CROIRAIS PAS SI JE NE VOUS VOYAIS PAS. COMMENT ÉTAIT L'INITIATION ?
SE FAIRE COUPER L'OREILLE N'A PAS ÉTÉ TROP DOULOUREUX ?
EH ?
OH, NON.
BIEN. TANT MIEUX.
TU PEUX PAS SAVOIR COMME JE SUIS CONTENT DE POUVOIR T'APPELER MON "FRÈRE".
RAVI D'ÊTRE UTILE.
ATTENDS, VOUS NOUS AVEZ DÉJÀ TELLEMENT AIDÉS. SANS VOUS, JE SERAIS PAS LÀ AVEC REZ EN CE MOMENT.
VOUS RESTEZ POUR DÉFENDRE GANGARAN ?
OUAIP.
FANTASTIQUE ! AVEC VOUS DEUX, LA VICTOIRE EST ASSURÉE !
FAITES QUAND MÊME ATTENTION À CEUX QUI ONT LES OREILLES COUPÉES. ON SE BAT CONTRE L'ORDRE, MAIS ON TAILLE AUSSI DANS LES FORCES DU GÉNÉRAL.
BIEN SÛR. VOUS NE SEREZ PAS DÉÇUS.
JE N'EN DOUTE PAS.
LA VILLE APPARTIENT À SON PEUPLE, ET PAS À L'UN DE CES DEUX BOUCHERS.
ON DOIT Y ALLER. ON SE REVOIT APRÈS LA BATAILLE.
RAPPELLE-TOI, LA MINE NOIRE.

À LA MINE NOIRE.
CLAC
ALORS ?
QUEL EST LE PROBLÈME ?
TU ES NERVEUX.
NON... C'EST CE GARS-LÀ, REZ, IL NE NOUS AIME PAS.
EH, SON ORGUEIL EST BLESSÉ. CE N'EST PAS LE GENRE DE TYPE À APPRÉCIER D'ÊTRE SAUVÉ PAR QUELQU'UN D'AUTRE.
SURTOUT PAR UN ÉTRANGER.
EN TOUT CAS, TU RECOMMENCES À TE DISTRAIRE AVEC DES BÊTISES. RESTE CONCENTRÉ.
ON EST DU CÔTÉ DE PERSONNE ET ON N'EST PAS LÀ POUR SE FAIRE DES AMIS. ON DOIT JUSTE RETROUVER MAÎTRE GRÈNE AU PLUS VITE.
JE SAIS.
L'ORDRE GRANDIT DE JOUR EN JOUR, ET IL SEMBLERAIT QU'IL LEUR MANQUE DES SOLDATS. SI C'EST VRAI, ON VA POUVOIR DUPER FACE DE COUTEAU. ON SE FAIT RECRUTER EN TANT QUE CHEVALIERS, ET ON POURRA LE RENCONTRER.
OK, J'AI COMPRIS.
BON. FAIS ATTENTION. SI JAMAIS ÇA NE MARCHE PAS, ON SE RETROUVE DANS QUATRE JOURS.
BOM
EH ?
ON DIRAIT QUE C'EST À NOUS DE JOUER !
À BIENTÔT.
HAH!
PAK
KAZIMIR 06